詩人たちの夜と語り

ばばたかひろ　詩集

東京図書出版

荒野　荒野と再興（？）

僕は荒野を旅してる
視界はどこまでもモノクローム
すべてのものが灰色に見える

プラスチックの大地に流れる機械油の川
銀メッキの空に白熱球が輝き
ゼンマイ仕掛けの小鳥がクラクションの歌を歌う
セラミックの雲が流れおち
どこからか流れるシンナーに浸かった風の臭い
赤いペンキをこぼせば暮れなずむ空に
黒いペンキを重ね塗り

ガラス細工の星を散りばめる
地平線からのぼるネオンの月

君は荒野を旅してる
視界はどう見てもモノクローム
君のセンスで作りなおしたまえ

積み木　時間

時間をつみかさねていくよ
一つ一つ
崩れないように
あの頃遊んだ積み木と同じ

小さなお城を君とつくろう

別　離

遠い別離をしのびつつ
君と一夜の夢のなか
二度と会えないこの想い
杯につぎ飲み交わす

くじけそう

暗い暗い闇の中

回る回る目が回る

冷たいカベにうなだれて
窓のむこうに目をむける

車のライトがネオンにまぎれ
黒い闇にとけていく

時計の針はいつまでも零時五分
一分に一万秒をかけて進む

明日の光はまだ見えない
明日の光はまだ見えない

Diving

荒波に傷つかないように
厚い厚いウロコを体じゅうに生やし
行く先決して間違えないように
大きな背ビレをキチンとつけて

尾ヒレなんてとくにいらないから
とにかく両足バタつかせ
エラなんかいらない
いざとなったら青空へ鼻先を突き出せばいい
空気袋に夢をいっぱいつめこんだら

輝く太陽の映ったあの海へ向けて

さぁDiving

オレの疑問符

疑問

一、何故、毎日寝ていてはいけないのだろう
何故、ぼーっとしてばかりではいけないのだろう
何故、まっすぐでいなくてはいけないのだろう
何故、道草をしてはいけないのだろう

二、何故、勉強しなくてはいけないのだろう

何故、夜出歩いてはいけないのだろう
何故、明日を見なくてはいけないのだろう
何故、過去に居座ってはいけないのだろう

三、何故、考えを曲げてはいけないのだろう
何故、曲がった考えをしてはいけないのだろう
何故、ふざけつづけてはいけないのだろう
何故、今日に生きなくてはいけないのだろう

四、何故、無駄な人生はいけないのだろう
何故、くじけた生き方はいけないのだろう
敗れても、勝っても、あるのはただ昔と今
なのに何故、良く生きなくてはいけないのだろう

五、何故、がんばらなくてはいけないのだろう
何故、意味がなくてはいけないのだろう

六、What I say?　あなたは答えることができますか？

友達

ずっと同じ今日を生きて
ベクトルの違う明日を見つめて
両手いっぱいに
底の知れた明日をかかえる

そんな風に君とやっていけるなら

きっと楽しげな笑い方も
忘れずに心にとどめておけるだろう

魔法の横笛

世の中待ってくれもしない
時の波間で叫びつづけ
ああ　惑うこの思い

木枯らしに身を揉まれ
明日の眠りを貪りながら
ああ　聞こえる
少年の頃の泣き声が

明後日の空模様を気にもかけず
でも　このまま終わりたくもない

一昨日つまづいた小石を
夕焼け空の向こうに投げ飛ばして
ただ　なんとなく歩き出して

足元に広がる下生えに
あたりを行き交う木枯らしに
大事にかかえた夢のカケラ
撒き散らしながら

まだ幼いこの思いといっしょに

道の向こうに走り出して

静かな夜

張りつめた闇
流れ出す白熱球の光
耳鳴りが胸のよどみに切りつける

こんな夜は
静かに朝を待つのもつらい

消　失

沈みゆく陽の裏で
夕焼け空が泣いている

明日の朝まで待ちきれないと
赤く灼けた瓦の上で
はぐれ鳥も泣いている

あー　いつかの笑顔を忘れた
ブリキづくりのあやつり人形に似て
あー　あいつのように泣けない
悲しい僕のほっぺたに

今日の最後の光が射す

青く透けた月明かりも
満天の星空だって
僕の心をうばえやしない
明日の朝になれば
もう僕はここにはいない

雲

雲が風に吹かれている
私はベンチに座って
公園の風景とそれをだぶらせていた

風は強く
上空に舞い上がるごとに強くなる
空は高く
霞みがかったような淡いサファイアの風情がする
雲は独り
そんな中に孤島のようで
たぶん寂しいのだろう
わらわらと騒ぐ少年達にまぎれて
君は立ち尽くしている

きれいに真っ白い雲の下で

ノミ達の恋

粉雪の積もった真っ白なゲレンデは
まるで見た事もないけれど
雪豹みたいな色と名前が似合ってる

すると
これは
高く続く
小さなノミ達専用のリフトに乗って
僕はゆっくり天まで昇りつめる

見下ろせば背中をくすぐってまわるように
みんなが我勝手にはい回ってる
そんな中でジェットコースターみたいな
叫び声をあげている
君の可愛らしい姿をそっと見つめる

……そんな僕の片想いは
きっとノミみたいな恋に違いないけど
それでも僕は
これからすべる雪山よりも
大きくきれいな恋に育てたい

春先の朝

ふと気づけば
朝の空気が妙に和らいでいた
洗顔も心地好く
きっちりとバンダナを巻きつける
今朝はいい顔して行ける

湯のみ

すべき事もなく暇になってしまったので
机のかたわらに置いてある
唐草模様の青い湯のみをじっと見つめてみたところ
そいつは「ウン」とも「オゥ」とも云わないで
やっぱりそこにいつづけている

片手に持ったペンでつついてみたが
キンと切なげな非難の声を上げたきり

面白くなって
「おまえはどうして動かないのか」

と訊くと
なんだかうとましげな面持ちで
じっとこちらを見つめ返してきたみたい

「生意気だぞ」
と指で押したところ
しばらく何やら揺れ回って
精一杯あがき尽くしたかとみえる

今度は素直に倒れこんで
残ったお茶がこらえようともしないでこぼれ出た

甘党

雪をかためて綿菓子できたら
風色のシロップ吹きつけて

あんみつ食べた後のわりばしで
くるっと巻いて君とわけよう

てのひらの中へ　季節感　冬〜春の間

一期、風は梅の香巻き上げて
一会、君の息がとけるてのひらの中へ

頃は辻風
椿の花びら舞いしきる
淡雪の化粧
シャボン玉の破れる音
山寺に雉の産声あげた夕暮れ
街じゃ初恋に躍る猫が鳴く

落日の琥珀色をほっぺたにあびて
教室から見送る君の影

明日を振り返るみたく放課後のベルが鳴り
昨日に立ち向かうみたく君が急勾配を駆けてった

もうすぐ春がこの風景をおおいかくすよ
最果て見失いそうな僕は
だから君に云っておきたい
今すぐに流れる風に乗せて
春が来たら云えなくなるかも知れないから

だから僕は云っておきたい
冷め切ってしまったこの気持ち
思い出のストーブで暖めてから

一期、風が桜の香巻く前に
一会、君の息がとけるてのひらの中へ

懐古

川原で聴く遠いルビィ色のざわめきや
雲と大地とにはね返る幽かなコウモリの羽音

たとえば木々が別れを告げて去っていく
おぼろに映えた後ろ姿などはとても忘れ難いもの

シャボンを吹かしたような少年の日の淡い記憶
せがみつづけた新品の自転車で
銀杏通りを駆け抜けていた

今暮秋の夕空に似たオレンジの昔を引きずって

一人老人たちのただ中に立ち尽くしている

こだわる物も失い逆らう事も忘れ
具象化された悩みの生活にもがきつつも
ひっそりと息づきつづけている

いつか僕は風を浴びた木の葉となって
無窮の川波に流されていたのだろうか

壁掛け時計の刻むチクタクという時の音や
藍色に濡れた雨上がりの宵空からわき出す
静かな雑音たちを耳にして
数え切れぬほどに強く胸を貫かれていた

はるがきた

知らぬ間に
Spring has come!
窓の外

ガラスすり抜け
そで引く香

三月十四日ＰＭ六：〇〇

ポプラ並木の揺れる日は

きっと暖かな風が吹いてる
君の夕日を浴びたその胸に
大きすぎるプレゼントをあげよう

その目の中には万華鏡がある
見えなかった笑顔が見えてくる
もしも僕のことが好きならば
じっと目を閉じてこっち向いて

もうそろそろ雪も溶けるよ
この学校にだっていられない
あぁ三年間おちゃらけていた僕は
今日振り返る

素っ気ないね
つれないね
でも切ない日々はもう終わり
さみしいね
心細いね
だからついてきてよ

だから
「好きです」って云いながら
この想いを君に託すんだ
ほっぺた真っ赤に染めながら
「夕暮れのせいだよ」って強がって

春

今年の災い君との出会い
知らなかった気持ち
季節の気まぐれ
例えてみれば春と云う時代

Melancholy　憂鬱

(北風の往来するカミソリの刃のような昨日に埋もれて)
さびれた「懐旧」と云う銘のこもる公園で
何かにおびえるようにうずくまり

身を凍わす背中が
泣きじゃくる捨て犬のような影を
朽ち果てた石畳に落としていた

しおれた冬薔薇の花束を抱きしめるのと似て
琥珀色の香り立つ淡くもろい記憶を胸に

いくら大切に愛した人の肖像画を抱え込んでも
(濡れて汚れるのが嫌でろくに涙も流せない)
刻まれた想いは埃をかぶりながら永遠へと戻るだろう

モノクロームのステンドグラスは
与えられた望みを奇妙に曲げて
確かな意気を好いていたその顔に影を落とす

月影の射さない夜
幾千億の星々の全てが味方だとしたら
どんなに心強い事か

太陽の居ない日に昼食のにぎわいは沸き
星の消えた夜にも恋人達は愛を語らうだろう

死に果てた荒野で一夜を過ごすわけでもないのに
そんなわけでもないのに

壊れた懐中時計の針は今何処を指している
アスファルト転がる木の実

そっぽを向いて雲を眺めてる
黒い霧立て込める道筋

あぁ神の手よ
雲の狭間
胸を反らなければ見えない

妄想と云う名の未来

あら
君
このままじゃいけないよ
どうしてもって云ったの僕さ

でも
やっぱりこのままって事はないよ
駄目なのはこっちの方だよ

でもね
今二人っきりだって云う現実
背中に回した両手の指と（何本だろ）
君が隠した真実の数（え？）

きわどい僕は
千里眼を使う（魔法使いじゃないけど）
「君の愛さえあれば…」なんて
錯覚された日常

でもたぶん
君は僕の事好きじゃないからね

おや
どうしたの？
震えるボート
二人で乗った必然は
でも
溺れ死ぬのは独りの今

馬鹿なのはこっちの方だよ
だけど
勉強するから（きっと）
秘められた十一本目の指だって（たぶん）

驚かずに抱きしめてみせる（ぜったい）

そして
そのむねが囲う唯一の事実（そうなの？）
こっそりこの手で
取り替えてやるのさ
予想された未来はいつも
妄想と云う名の蛹の一匹

ほら
このままじゃいられなかった
強引だったのは僕さ
だって

君が好きなんだ
手に入れたい

貴女の宵

林の中で土の上で
空気の中で
空に光る星を揺らす
まばゆい貴女は冷たくなった

風を感じ
夜を感じ
物を感じ

人を感じない
その黒い瞳に涙色の乾杯を

山の向こう
夕焼けの下ぐらいにある野原に
貴女らしい
目が痛いほどに
とても白い一輪の百合が咲いている
貴女の為に摘んでこよう　私が

そして愛し
貴女が恋し
私は百合を一本
その手に

口に
胸に
さあ

弥生

春待たず桜咲かせる雪散らす
みな一陣の風の演出

卯月

人の世は一期一会と前向き

とかく風を呑んで行く

文月

白南風（しらはら）のかざす木の葉も打ち濡れて
恋一波に切り裂かれた身よ

葉月

恋くゆる夏の日射しに染め抜かれ
青春を美味しく食べてやる

愛は…　愛

愛は冷たくなって
君を見つめていた

愛は温められて
君と話していた

愛はかたまりながら
君の頬にふれた

愛は優しくなって
君と語り合った

恋する君の渇いた涙
愛は危なげな足取りで
その跡を辿っていくのだろう

ナンテネ

君は将来何になるんだろう
きっと歯切れのいい芸術家で
適当な家庭を持って
それなりの母親になれるんだろう

僕は将来何になるんだろう
きっと街から街への風来坊
って云やあ聞こえはいいけど
君を追いかけてる今のままかな

高校生活の三年間　君といっしょにいれたコト
それだけで楽しくって半分くらいは苦しい記憶
「ありがとう」なんて云うつもりはないし
「好きだよ」なんて今更云えた台詞じゃないけど
この陽気にまぎらわせちまえば
君の心にも届くかな…？

君の得意技は胸のすく風景画と
眠たくなった時のワガママ

猫みたいな声と口調で
「眠いよぉ」なんて不満げに

僕が得意にできるのは唯一つ
君を好きになれたコト
何人もの競争相手を後目にして
「フフン」なんて自慢げに

二人していい気なもんさ

そう　でも
「いつまでもこのままでいいの?」とか
心配そうに訊かれた日には
「どういう風に」答えよう?

…なんて考えしてる間はまだトーブン大丈夫
きっと上手くやっていけるさ

菜の花　ほのぼの

まどろみからとろけ出た私の体にCitrinに似た
光の粒子が弾けていた

目を見張るところを
汽笛が抜けて
春日ですよと云う

見れば
風誘うながめは一面の青原であった

窓を越して
真っ新（まっさら）な白月が西空には浮かぶ

ニヒルな笑みが
時柄になく冷めた肝の奥の方を見ているようで
水をひと口すする私は
抜けた面で
青空管弦（オーケストラ）に耳を寄せる

汽車が方向を変えた

桜がまだ
花開いていないと云う

この輌には日傘を抱えた乙女が独り
黄色いTwo-pieceから白皙の肩をしのばせ
野に乱れる蒲公英（タンポポ）と重ねて
私が
月の薫る風を頬に
楽しんでいる

おや
レールの奥が輝き出した

どんどんと

Sapphireの野原を包むあれは
空を降りた真夏の太陽にも似た
幾つもの
菜の花の広がり

※Citrin（ビタミンの種類）
※Sapphire（サファイア）

そして風は吹かなくなった

都会の風

そして風が吹かなくなった

ここは山の中ではあったが
もうかれこれ十年近く

風の姿を見た事がない

流れのようなものは感じるが
それはビルの間をすり抜ける
人々の飾らないため息だったり
そんな我々を見送りに来た
黒い死神の口笛だったり

彼はまた
疲れたみたいに息を吐いて
葬送の列に拍車をかける

私はそんな彼の背中を見る事で
まだ生きているのだと云う事を

わずかながら実感できてはいるが
死神はいつ私に
息を吹きかけてくるか知れず
私はついと叫びたくなる

…やはり
風はいないもので
果たして
彼らを追い立てたのは
他でもない我々なのだ

On the 1st of April　四月一日に

思い出した
少年の目とサッカーボール
ゴールに君の笑顔を重ねた時
何故か奇跡のヒーローになれそうな気がした

忘れていた
誰かに見られている現実
素顔を出した恥じらいもままでは
ちょっと無礼すぎるし
目やにぐらい取っとこう

遥か高い林檎の樹の下で
いかにも涼しく待ち望みながら
熟れた果実が落ちてくるのを
ひたすらに見上げる
一巻きの風が飛んで
果実を一つもいで去った
梢の彼方から
赤い一粒が加速度を上げるのを見つめる
それは真っ逆さまに宙を駆けて
懐中にとび込んできた
枝々がさざめいて
小鳥がわめき立てる
川原では少年達が
キャッチボールに瞳をきらめかせている

どーしたものかと考えて手の中の林檎を見た

視界を確認する
目で見える枠を確かめてみる
そうすると
人生の枠が見えるような気になる
椅子の背に深くもたれて
じっくりその枠を見つめてみる

とろけ出そうな白熱球の明かりだとか
ボロボロの地球儀だとか
卓上カレンダーに刻まれた言葉
机にはナイフで一つの英単語が記されている
あるいは

写真立てに込められた片想いなどは
僕の瞳
それを透かした頭の奥で苦悶する羽虫達に
吹きかけた霧吹きの虹色
その一粒一粒かもしれない

枠はそれを捕まえて放さなかった

似たような現実
似つかない虚構
君は夢を見ている

その中で
僕はいい恋人を演じているだろうか…。例えば

〝気になる現実〟などと云うものは
それら熟れた果実が
やはりもともとは
たった一吹きの風の気まぐれによって知り会えた
雄しべと雌しべの一粒一粒だったように
たあいもない光と影の真実一回りずつなのかもしれない

（ある丘）遥か高い林檎の樹の下で
いかにも涼しく待ち望みながら
青林檎が赤く熟れ出すのを
ひたすら見上げている
すると一巻きの風が走って
まだ幼いはずの果実を一つもいで去った

梢の彼方から
見易い緑の一粒が加速度を上げる
それは
真っ逆さまに木漏れ日をすり抜けて
だらりと広げた懐中に飛び込んできた
枝々がさざめく
小鳥はわめき立て
川原では少年達が魚釣りに瞳きらめかせている
どうしたものかと考えて手の中の林檎を見た

雪

貴女は白い

秋が去れば天より舞い降る
雪化粧のうすい白
吹雪とともに私を包み
春日を招いて私を捨てる
汚れない冬の乙女よ

貴女の余す幾多の溶けあとが
いずれは野花の乱舞する処に
夢見がちな詩人達が歌う処に
恋人達の寄り処となる事に
気づいているだろうか

果たしてそれがわざとなら

何故そのような事を
いずれはまた
貴女と云う存在が万物何者をも白く
白く覆い尽くしてしまうと云うのに

無　題

如月の星よ彼方に霞入り
　桜の枝のみ藍に映えゆく

山彦

（このちっぽけな島国を唯一見下ろせるあの場所にて）
「ヤッホー」
山彦の真似をしてみた

気に障る奴　案外理想

君だけの真実を教えてくれないかい？
瞼から冷や汗が噴き出した昨夜の瞬きと同じくらい
僕なりの事実は導ける

頭は良い方じゃないけどさ
君の目から現在を垣間見たい（ダメ？　ケチ！）

今って何時何分だか
教えてくれないかい？

その分の代金はKeepしておくよ
無駄遣いする性質（タチ）だから
女の子は「おごらせ上手」が可愛いよ
でもあまり高いモノは
頼まれたって出す気はないよ
生憎ね（トーゼンさ。だろ？）

君の瞳に住んでいる

その男の名を教えてくれないかい？

前から知りたくってならなかった
え？　どうするかって？
悪いけど僕にとっての壁だから
調査しておくだけさ
そのうち叩きこわしてやる（アタリマエ）
あんまり嫌な顔するなよ
皆そうさ
自分に忠実なだけでも
僕は君を倖せにできると思うから（ネ？）

北風色のコートを羽織って
口笛鳴らしながら僕は行く

月影で染めた帽子をかぶって
　星屑を拾いながら夜の街路

君だけのナイフのhow toを教えてくれないかい？

いつか僕らが結婚した時
夫婦ゲンカでとどめるように
君の手元に注意する
和食好きならいいけれど
洋風料理はちと困るしね（そもそもケンカなんかやらないか）

　僕といっしょに居ると
倖せになれる気がするだろ？

自分の存在　世の中

たまに神様なんていないんだろうと思う
また
たまに神様っているのかも知れないなと思う

ま
いずれが真実であるにせよ
世の中というものは
自分が生きてそこにいるかぎり
自分中心に回っているものだ
自分という存在がなくなれば

人間なんて
結局主観的にしか考えられないかぎり
世の中にあってないのと同じことなのだ

だから気にすることはない
たとえ何があったとしても
皆「自分」を必要としている
自分しか必要としていない
と表現してもいい

そう悟る事ができるならば
きっと余裕が出てくるんじゃないだろうか

その余りでたぶん何かやれるだろう

枠　人生

視界を確認する
目で見える枠を確かめてみる

そうすると
人生の枠が見えるような気分になる

椅子の背に深くもたれて
じっくりその枠を見つめてみる

例えば
とろけ出そうな白熱球の明かりだとか

ボロけた埃まみれの地球儀
カレンダーに記した日付や
机に刻んだナイフの傷
好きだった英単語

或いは
写真立てに込めたかすむような想いなどは
二つの瞳と
それを透かした頭の内で
苦悶に歪む羽虫達の七色の翼
そう云ったものの揺らす影
一つ一つである

枠はそれを捕らえて

きっと放さない

流れるように
いつしか時は弾み…
過去や未来と云ったベクトルのそれぞれを飛び越えて
人は現存する諸々の自分を知る

捕らわれた枠の一巡りずつ
それこそ
貴方と呼べ
私と名乗れる幼い淡い現象でしょう

運命はあらゆる必然の中に　運命

（ある丘の上で）
遥か高い林檎の樹の下で
いかにも涼しく待ち望みながら
赤く熟れ始めた果実のそれぞれをひたすら見上げている

すると一巻の風が走って
まだ幼いままの果実の一つをもいで去った

梢の彼方から
見易い緑の一粒が加速度を上げる
それは真っ逆さまに木洩れ日をすり抜けて

だらりと広げた懐中に飛び込んでくる

枝々がさざめく小鳥はわめき立て
見下ろす川原では少年達が魚釣りに瞳きらめかせている

どうしたものかと考えて
手の中の林檎を見た

居る場所　愛…？

緑色がとても美しい野原の中で
「自然に還ろう」とつぶやいた

水色が息苦しいほどの青空に包まれて
「空を飛びたい」となげいた
虹色を叩きつける太陽をまぶしく見上げて
「あの様になりたい」と哀しくうめいた

アスファルトの途切れた田舎道を走る
真っ赤な情熱の色の僕の車
君が助手席で眠りこける

…ここでもいいよな

今日こそは

受話器の周りだけ重力がかさむ時
そんな時はたぶん
「ずっとずっと好きだった！」
そう云ってしまいたい僕の時
君はいつも電話の向こうで
はじけるように笑うけれど

今日こそは云うんだ

受話器を持つ手が緊張の糸をからみつけ
君の番号を押してゆく

「コンサートの頃から好きだった！」
口の中でくり返しながら
待つ事さえももどかしく
明日にまわすわけにはいかない

今日こそは云おうよ

今日こそは……
今日こそは！
……でも

今日云ってしまうわけ？

受話器越しの君の声

心を離れた僕の声
君のもとへ飛んでいく
でもその命綱をぐっとつかんで

今日云ってしまうわけ？

「ずっと好きだった！」
予定されたこの言葉
その始まりの「ず」が云えない
僕の唇は凍りつく

「今日こそは云うんだ！」
意気込みは確か
「今日こそは云っちゃうの？」

そうやっておじけづく
「ずっとこのままでも…」
打算の声は頭にひびく
「どうしたの？」
と君の声

あー　もう!!

一、二、三

一、一人で街を歩いていた
会、あの人と最後に会った日の事を考えていた
拾、ふと見つけた木の実を拾って

投、空高く放り投げる
没、青い空に没するように
溶、この想いを連れて溶け込んでいった

二、雨の日に二人で傘をさしていると
言、いつも君から何か言い出してくる
設、それはとても建設的なおしゃべりでもあり
談、又は真面目な相談事でもあったので
火、僕は聞き手に回って火に油をそそぐように
人、君に上手く相づちを打ちながら
　人気の無い雨道を歩いていく

三、今日は三度目のデートだ
形、形式なんかにとらわれないで

修、修学旅行の時から抱いていた
仕、仕方無い程のこの想いを
壱、壱番にして表していこう
愛、僕は君を愛している

君の全てが好き

君の全てが好き
そう云う気持ちは心の中に
確かにあるかも知れないが
本当にそうだろうかと考えてみると
なかなかYESとは云えないものだ

君のなにもかも
それを私は決して知りつくしてはいない

しかし
私の知っている君の全て
それを全て
私は愛せていれるだろうか

私の知らない君の全て
それが何でも
私は愛することができるだろうか

最近不安なのだ
愛と云う言葉がつかめていない

好きだと云う感情に
むくい切れてない

…そうした私の空虚な悩みを君は
罪悪感さえ覚えさせる
春日にも似た笑顔で
すっかりさっぱり淘汰してしまう

そんな君の後ろ姿を見送って
私はうずくまざるを得はしない

夜の私

太陽が落ちると
私は風になる
そして夜道を走り出す

走る　走る
アルプスの高みも越えて
太平洋の広みも越えて
一陣のまったく真実の風となる

…朝の明け染め
朝もやのヴェールに包み隠されてしまった風は

また一人の私となって
ベッドの内の永遠な安らぎに包まれてしまう

私はひと目したところ
普通な人にとられがちだが
違う
夜になると変わるのだ

盲探し　倖せ

たった一メートル先の明日さえも
晴れ晴れしく見渡す事のできない私は
きっと盲探しな奴に違いない

私は中流家庭に生まれた
特別不幸せとも幸いに包まれたとも
何か言いづらい人の世の中は

少し見通しがきかなさすぎて
私などには難しい

僕の好きな彼女

学校へ行けば君にあえる
そういう気持ちが自転車に乗るよ
一日に一度くらいは君を見れる

こういう気持ちで授業を受ける

僕の好きな彼女
でも最近つらい事ばかり

告白もした
二人で遊びにも行く
でも僕は君にとってただその他大勢にすぎず
「好きだよ」って叫ぶ僕を前に
「いい友達でいようね」なんてさ

こうしていれば君の声がきける
そういう気持ちで
片耳をそっとそばだてる

君のいる教室に向けて
そして一日に一度くらいは
君の楽しい笑い声がきこえる…

他の男とつきあっている君は
廊下ですれちがっても見返してやくれない
でも
君の恋人を偶然見かけると
すれちがいざま
蹴りたおしてやりたくなる僕さ

大好きな彼女
最近まるであえないけど
元気だよね　大丈夫だよね

少しぐらいは振り向いてよね

僕の好きな彼女
でも最近つらい事ばかりさ

大好きな彼女
見かけるたびに胸がそよぐ

周期律

朝目覚め
昼遊び
夜寝つく

一日という名の一周期
七つ集めて週を巡り
更に四つ五つ重ねれば月が終え
十二区切りの円周上を一回りして新年を迎える

人と出会い
共に語らい
別れに痛む

人生と呼ばれる周期の律
僕という円の質も量も決めかねない
それは大事な元素記号たち

君もいるし
僕もそう
君という名の一つの記号
円上に横たわる
巨大な巨大な周期律

川辺の二人

空気中の揺らめきが藍と黄から成る
　　広々とした夕暮れのヴェールの中
二人の青くゆるやかな季節をかたどる
　　瞬きほどの幻影たちが

川辺にひざ立て眺める夢
いずれ星の夜空にも映るだろう

てるてるぼうず　自分

空がまるごと灰をかぶせたように
息苦しく暗雲がたれこめている
今夜ひと昔前の輝きをふと思い出して
てるてるぼうずを吊るしてみた

あの頃は何を夢見ていた事だろう
風に身をまかせて歩いてきた
今少し早足になっている

明日の天気を気にかけて
知らないうちに眠りこけていると
独りっきりの私を
てるてるぼうずは
ひたむきに眺めているようだった

辛いという字の書き方　倖せ

君という人の存在をたった一つ失った

たかだかそれだけのほころびから
大事にしまっていたはずの

一つしかない倖せを落としてしまった
今の私はとてもとても
辛いという字を実感している

春夏秋冬（片想いは巡り来る）　片想い

春の日の胸につまる生暖かさはきっと
夜の闇が吐いた恋の吐息に違いない
白雲の野でそよ風とたわむれる陽光の
輝く笑顔を思い描いて
夜は甘く美しい情熱の炎に胸を灼く

夏の日のたまらない寝苦しさはきっと
夜が嫉妬するせいだろう

夜の恋する太陽と
ずっとずっと二人で居れる大地の奴に
夜はくやしく嫉妬を重ね
消せぬ苦悩に燃え盛る

秋の日の揺らめくような哀しさはきっと
夜の泣き声が響く為

夜の恋する太陽は
あまりに彼を避けがちで

夜が追えば日は逃げる
後ろ姿の映えた夕闇だけを見
そして追い続け
夜は毎夜泣き寝入る

冬の日の青く貫く寒空はきっと
想いに疲れた裏返し

止むに止まれぬ恋慕に悩み
居ても立ってもいられない
夜の涙は白く冷たく…

そして
春夏秋冬古今東西

消せぬ想いは巡り来る
形を変えて　悩みを変えて
君から僕へ
ここからそこへ

待ち時間

雨露や
冷厳な野ざらしの風をしのげる屋根や
寒薔薇の紅茶の香
オーブンから抜きたてのパンとか
そういった全ての幸福な事物に取り囲まれて

ゆらゆらと頼りなげな明滅をくり返し
または雨もりがしやしないかとドキドキし
小猫を抱いて雷に息をひそませたりしながら
蝉が地中にいると同じく
明日を心待ちにしています

月下美人が今か今かと
開かれるその瞬間を見守るように
明日の出来事を思います

ゲーテの詩集に心を溶かして混む時があり
月
夜風

じっくりと焼けたバターの匂い等に体を傾く時もあり
より美しい微笑みの研究をする間でさえ
私共は待つものです

暖炉のそばや
そのまわりをうずめてしまうようにして

そして
朝はなかなかやって来ない
ドアの向こうの物音に驚いてみたり
そんな事をしている間に
夜はとことこと深け行くのです…

恋の定義

「ある異性にあこがれ慕う気持ち」
手もとの辞典でひいてみた
これが恋という思いの定義

世の中ぜんたいこうなのか
一般常識こうみたい

でも僕は違う
僕は違う
僕の思惑はまるで違う

あこがれだとか
尊敬だとか
親しみ
羨望
優しさ
嫉妬

いろんな「心の化学反応」
きっとそうに違いない

未完成

星の実のなる木の丘で

人歌いつづける人の影

月の雫に濡れた前髪を
かき上げながら歌ってる

子供心に広く大きくて
素晴らしかったこの町

でも　眼下を見下ろす君の目が
錆びてこぼれた刃のよう

僕は君が好きなんです

「僕は君が好きなんです」
言ってしまえば簡単だった
「ずっとずっと好きなんです」
言える言葉と思ってた

今　君は僕の知らない
あいつの腕に取り囲まれて
別れたり
くっついたり
僕の知らない恋をしている

そして僕も君を忘れ
忘れようと努めて忘れ
知らないあの娘に思いを寄せて
知らない恋をしようとしている

「僕は君が好きなんです」
言ってしまえば簡単なのに
「ずっとずっと好きなんです」
勇気のないまま昨日今日

にくい

にくい

私を揺らしたあなたがにくい
心を動かすその手がにくい

精一杯に忘れようとするのに
記憶を揺さぶる人がにくい

この胸に抱かれもしないくせに
私にいつも追ってほしがる

そんなあなたがにくい

即興詩

私にとって過去とは
うつろいに朽ち果て流れゆくばかり
ただの躯
忘れかけた故人の様子に他ならぬ

私にとって未来は
闇夜に傾く月姫に見惚れた頃
名残惜しくも落ちてゆくその丘の果てに他ならぬ

私にとって現在とは
ただ立ち向かうばかりの長弓の弦

あてもなく彷徨いの旅
物見遊山の興の中

霧の道

また道が見えてきた
霧の晴れた細長い木陰道
すぐに二つに分かれてくる
さて
どちらに行こうかな

片方が天国
もう一つは地獄と

そうそうわかったものでもないが
右が平地で左がいばら
ふらふらふるえる片足をおさえる

はてさて何処であの子と出会え
すやすや何処で休めるものか
見当も尽かない
先は霧
どう行けばいいのかわからない

オレの疑問符　パートⅡ

人波の途切れた路地裏で

降りしきる紅葉の木の下で
鍵を忘れた鉄の扉の真ん前で
紅茶を飲み終えた喫茶店の一角で

昨日の風に乗りそこね
今日の風を知らなすぎ
明日の風を見失った
一羽の渡り鳥がふるえている

湖は凍りついた心臓の奥
遅時きの冬支度が始められる

不器用な悲しみに吹かれていると
上手く笑えずに苦しみ　そして

後ろを振り向きながら歩いているが
昔は昔でつまずいた時もあるのだと
思い出した頃に日が沈む

知らなかったとつぶやきながら
未来をその足に踏み倒し
ともかく生きていくのに
何か言い訳を求めているよう…

気のせいですか？　そんな事はないですか？

罪悪感

木の葉が揺れていると感じた時
白雲が暗く老人のように淀み出した時

私は八方よりのありとあらゆる塵やほこりに噴まれ
引きちぎられた四肢を見つめ
空の果てしない大層に押しつぶされる事だろう

処刑台に登りつめた悪戯好きな幼子のように
生きる事の辛さを知ったカゲロウの恋物語のように

小道

降りそそぐ木もれ日
さすらいの秋風
細切れにサファイヤ色の空をのぞかせて
林間の小道に
肌をつつくようなあ甘いミカンの香がする

友よ
少年時代に駆け抜けた小さな小さなこの道を
今
一人で歩いているよ

友よ友よ
林を越えたその丘の向こうの
百日草の花園に囲まれて

友よ
やすらぎの寝息を立てる我が親友よ

百日草～花言葉　なき友をしのぶ

布団の気持ち

布団が弓を引いた時
果たして寝る場所はあるだろうか？
布団が愛を語った時

それでも抜け出る気概はあるだろうか？

贅沢な疑問と言える
疑問の対象は誰でもいい
あなたは大丈夫？

布団の事などすっかり忘れて
後でふられて泣かないように
布団の暖が髄まで染みて
愛におぼれて溶けないように

ドア

外じゃ風が吹いてるようで
空がいろんな顔に変化して
雲細工で遊んでいる

中じゃ部屋はまだ暖かくて
少年はむっすりと機嫌の良くないまま
ノートの端をじっと見つめる

実に広々とした世の中の生活で
人はぜんたい何に手をつければ本当に良いのやら
好きな事をしてみようかとは思ってみても

先には無意味にドアが並んでいたりして
通る度
誰かに見られているようで

外じゃ雨が降り出して
風がゴーゴー飛びかって
揺りかごのように世界は揺れて
中じゃ部屋はもう冷たくて
少年はぐったりと疲れたように
ノートに伏せて寝息を立てる

水たまり

水溜まりを覗いてごらん？
何が見えるか当ててみようか

きっとそれは二つの瞳
君の持ってる美しい瞳
黒くさざめく君の瞳

甘い時

私は私は

あなたが好きよ
甘い夜気に包まれて
いくじなしがやっと叫んだ四月の晩
桃の花
愛でる春の宵

おまえはおまえは
俺のもの
熱い瞳で貫かれ
あなたに抱かれた八月の晩
桃の実
かじる八月の宵
私はすでにあなたのとりこ

ハッピーエンドも何もいらない
甘美な時に身をまかす

桃〜花言葉　あなたのとりこ

これだけの人生

ある日一人の男が言った
君は夢を見てばかり
僕も夢を見てばかり

応じて一人の女が言った
あなたは夢を追うばかり
私も夢を追うばかり

顔をあわせて微かに笑う
空ではトンビが輪を描く

でも　それだけ？
そう　それだけ！

懐中電灯

あるデパートの広告に
私の目を引く品物一つ
それは電灯

懐中電灯
「クリプトンライトとリチウム電池で
その明るさは想像以上!!」

そして私は考える
「これがあれば
夜中の街の隅々を
明るく照らし出せるかな?」

いいや違う
そうじゃない

私の欲しい物はそうじゃなくて
こういう物が私は欲しい

「これさえあれば都会の汚れた夜空も大丈夫！
満天の星空があなたを待っています!!」

雨やどり

雨やどりをしたいと思う
黄色い雨から逃れたい
雨やどりをしたいと思う
金切る雨から逃れたい

あぁ

君は夕陽を越えて
僕のもとには何一つない

雨やどりをしたいと思う

雨（Versification）

雨がしとしと降っています
乾いた大地をじわりと浸し
涙雨が降っています
それで彼の地は風邪をひいて
「くしゅん」と二つくしゃみをします

藤紫の五月雨と
東風一吹きを頬に浴び
わたしも一つ
くしゃみをします

雨がぽとぽと降りつづきます
乾いた二人の空気を濡らし
涙雨が降りつづきます
凍りついた黙りも明後日に
「だいじょうぶ?」と声がかかります

藤紫の五月雨と
東風一吹きを頬に浴び
「だいじょうぶ」と応えます

雨はさめざめ降りやみません
乾いた唇はそのままに
涙雨は降りやみません
それっきりの静かな二人は
ただこつこつと歩きます

藤紫の五月雨と東風一吹きを頬に浴び
ただ靴音がきこえます

そうしてようよう雨がやみ
晴れ間にのぞく虹の端ながめ
二人はいっしょにのびをして
顔を見あわせ、瞳を見ると

「クスリ」と二つ、微笑みました
路上に咲いた花一輪
雨がやんでもとじません

※Versification（作詩）

太陽

蒼くそよぐ晴れの日の野原
弾んではしゃぐ君を見た
ときに覗かす白歯がキラリ
頬をたゆませ笑ってる

太陽のように
晴れやかに
君は踊って宙を舞う

清く流れゆく夏の日の白雲の園
小川のせせらぎに足ひたす
いたずら小僧の鮎ソロリ
キャアと驚き喜ぶ彼女

太陽に似て
朗らかに
気持ちがいい程、君が笑む

シリウス

冬の夜空が一番キレイだと言って
君を星の森へと誘うよ

あぁ
あの天の川のすぐそばで
浜辺にたわむれる一匹の
大きな犬を見てごらん
川底から拾ってきたのか
燃えるように白いダイヤの
指輪をくわえているね

僕は君の瞳に応えようと
丘の上から両手をのばすけれど
ガンバってもガンバっても
意外とあの星は遠くにあるんだ

粉雪の降る夜

ネオンに華やいだ街を離れて
ベンチの横で私は足をとめる
真っ白な粉雪を指先に添えて
静けさに満ちた公園の夜を眺めている

夜風は黒マントをなびかせて

私の頬を冷たい掌で撫でつけてくれるけれど
イヴの空気は誰も知らない刺々しさに満ちて
胸の中へとつらぬいてくる

地上からの脚光を浴びて
淡い三日月が雲間から覗き始めた頃
白銀の月光がショールのように降りかかると
靴音もたてないで
あなたがそこにいた

別れの言葉は
言わなくてもわかるから
だからお願い
困った顔をしないで

人は皆
悲しみの淵を乗り越えて
始まりへの一歩を踏み出すもの
あなたの言いたい事
わかるから
もう　邪魔はしないよ

街灯の青白い光芒を受けて
深いインク色の瞳が映える
その中であなたの温かい思いやりが
身を縮めて謝っているのがわかるのは
意地悪なサンタさんの贈り物かな……

今夜
あなたの腕に寄り添いながら
贅沢なため息を吐くのは誰？
本当にいいよ
〝ごめん…〟だなんて、縁起でもないから
あんまり
私をバカにしないでよ

そういえば
いろんな事があったね

いきつけの花屋に
新入りのアルバイト
不器用なお喋りに黄色い香をまとわりつかせ

フリージアによく似た笑顔を武器にして
私の心を根こそぎ摘みとったあなたは
今でも変わらず無邪気なまま

卒業式の席が隣同士になったのは
偶然の結果なの？
校舎裏に私を呼び出して
緊張のタキシードをまとってきたあなたは
千ピースのパズルを
カーペットにまき散らした時のように
とりとめのない想いをさらけ出してくれたよね

無窮に広がる言葉の森の中から
たった一つ選り抜かれたあの言葉

いつまでも　忘れないよ

幾層もの淀みに遮られ
ささやかな星明かりさえ届かない都会の夜空の下で
気持ちのいい微笑みを残して
私はあなたから離れてあげる

〝さよなら〟は言わないよ

でも
また会う事もないよね
悲しい想いなんて残さないから
その為に最後のキスをして
今夜だけは二人のイヴ

真っ白な粉雪を髪の毛にまといつかせ
あなたにMerry Christmas

筍

筍を見て
背が高くないと笑わないで
雑木林の中を歩いて
そこで竹の子供をめざしてほしい

夜空を見上げて
弱い星だとシリウスをあざけらないで
月に両手を投げ出して

せめてあのようになりたいと願ってほしい

舗道をそれて
道草にひたって
あの日歩いたあぜ道から
一筋の小川を眺めてほしい
群れ集い励まし合うメダカたちを
卑称して蔑むことなく
彼らにしては大きすぎる流れに
身をまかさず牙むかない
そんな態度を見つけてほしい

あがこうとも
嘆こうとも

君の足元は
小川の流れよりも激しく強く
君を押し流そうとしているのだ

夢はまぼろしなりと悟るより
君はずっと若いはず
未だスタートラインにも立たぬ身が
先を見ても仕方ないこと
老い朽ち果てた故人の回顧録よりも
重く美しい想いを抱いて
君はもっと歯をくいしばれよ
君はじっとくじけるなよ

そして

せめて筍と肩をくめるほどにはなってほしい

夜路

暗い舗道に弾むステップ
町角の灯しが時を揺らす
ひととき驚く彼の笑い声
夜の街に空耳が届く

黒いマントは急ぎの夜風
たたらを舞って
道から道へ
公園の池で一息吐こう

ベンチで寛ぐ彼が笑う

いつも彼は
いつも独り
寂しがりもしないで笑ってる

家並みのうちからもれる明かり
眩しそうに瞼閉ざす
たった一つの笑みを大事に
彼は夜中の街を歩く

いつも黙り
いつも翳り
明るみ避けて

それでも笑んで

いつも彼は
いつも独り
誰も彼に気付かない

独りじゃない

冬の夜空に佇む
透けるように蒼い月明かりを通して
ずっと君の素顔を見ていたい

悲嘆にくれる君の瞳は

僕の知らない場所を見つめているけれど
それでもいい
僕は
君の傍にいたい

どんなに傷つき果てていても
独りで泣いたりしないで
たった一言伝えてくれれば
安心して慰められるから

いつだって僕は受話器を握れるところにいるよ

暗闇色のフードをかぶって
夜風が音もなく君の頬を撫でつけているけれど

気にもしないで前を見てる
君の横顔を見ていたい

虚しく凪いだ気持ちに囚われても
その想い捨てたりしないで
公園のベンチで話しあえば
きっと勘違いに気づくから

いつだって僕は君の呼び声が届くところにいるよ

落ち着いて
その涙が止まった頃
いつもの土手を歩いて丘の上へいこう
孤高を目指すモミの木の下に着いたら

君はきっと気づくだろう

まだ独りじゃないんだよ
君には僕がいる
天の川に取り残された
一匹の白鳥が嘆くように
孤独な自分に悲しむ事はない

君には僕と
幾千もの星たちがついている

じっと

少年は靴を見失った
少年は途方に暮れて
じっと部屋に閉じこもった

雨が降って
雪が降って

少年は靴屋に電話を入れてみた
お気に入りの靴は品切れで
少年は頑固に受話器を置いた

風が吹いて
花が咲いて

少年は靴職人に手紙を書いた
ポストに出すこともかなわずに
その手紙は部屋の隅

虫が鳴いて
葉が落ちて

少年は靴を作る
トンテンカン　トンテンカン
自分の手で靴を作る

じっと部屋に閉じこもり
じっと外を思いつつ

月影

夢の番犬に吠えたてられて
すややかに寝息もたてない午前二時
暫くきこえていた雨垂れの音色がポツンと途切れた
窓の外からは月の明かりがひんやりとさしこんで
透き抜けるような笛の曲が流れている

暗い色のカーディガンを肩に

凪いだ夜気で肌を濡らし
ドアを閉めた僕の頬に
さわやかな光の小粒がポチポチと
胸騒ぎを安らぎに変え
僕の身体を包みこもうと
両手を広げて
夜空で君が
やわらかな涙で溶かしこむ

虹色の傘をさして雨上がりの野原を
白いレインコート着て歩いてる

雪溶けの小川にも似た銀髪ふりまき
彼女だけの道をいつもいつも

雨露に濡れた花々は幾千億の宝石色に咲き誇り
天つ風に鳴りそよがされ
一つの色に鈴一つ
音楽のように真夜中が歌う

ミルクに溶かした水晶で甘い香に染めあげた
高いビルの落とす影に
広い薄雲のたゆとう影に
ささやきかける月光が朗らかに街の夜を浸してゆく

肩を広げ胸を高めて臓の深くに吸い入れる
清涼に浸かって顎をあげれば
彼方で独り月が照らめき
額に冷たい雫がしたたる

もう一度
光るすべての寂寥をこの胸遠く飲みほそう

みっともない

「好きさ好きさ好きさ好きさ好きさ
君を愛してる」
なんて
みっともないことやめろヨ
「のろけ」もいいとこ
うっとうしいぐらい
恋に酔ってるオマエの言うことをきいていると
なんだか胸が悪くなってくる

バケツ一杯のチョコレートを飲み干した気分だよ

オマエのことが好きなやつ
オマエの相手が好きなやつ
吐いて捨てるほどいるんだから
無神経にもほどがあるぞ

「好きな人は好きなんだから仕方がないだろ」
なんて
オマエに好かれた女の子も可哀そうに
これじゃあ恥っさらしもいいとこ
公衆の面前で
オマエなら大声で叫びかねないだろう
「君が好きだ!」

まったく
ふた昔前の青春恋愛ドラマじゃないぞ

オマエのことが嫌いなやつ
オマエの相手に嫉妬するやつ
両手の指よりいるんだから
もうちょっと気をつかってくれよ

「ふられたってかまいやしない
ガンバルだけさ」
なんて
たまには健気なこと言ってみても
やっぱりオマエはみっともないよ
彼女嫌がっているぞ

露骨すぎるから
少しでいいから抑えてみろよ
それならだいぶよくなるはずだよ

オマエのことバカにするやつ
オマエの相手に同情するやつ
星の数ほどいるんだから
そう真っ直ぐに行きすぎるなよ
壁にぶちあたるよ

オマエのことが好きなやつ
オマエの相手が好きなやつ
吐いて捨てるほどいるんだから
そう力みすぎるなよ

崖を踏みはずすよ

この時よ

吐息のつまった午後の日
白くさびた光の下で
涙を流して呼びかけた
今日はもう最後の日
もう二度と来ない最後の日

知らなかった
これほど貴重な時を失っていた
とりかえしのつかない思いに胸を苦しめる

言いたくない言葉を
言わなくてはならない日には
夕焼けの色も目に染みて揺れるだろう

ああ、さようなら
また会う日まで
忘れようのないこの時よ

三日月

こっそりこっそり日があがり
こっそりこそこそ朝になる

スズメがチュンチュン
あんまりうるさくて目がさめた
バターたっぷりのトーストに
コーヒーはぜったいブラックで
「行ってきまぁす」気持ちよくドアを開ける
「忘れ物ない？」心配そうにひきとめる
「んなもん、ないよっ」ちょっといらつきドアを閉める
制服着ながら駆けだした

じんわりお日さまのぼりつめ
じんわりじわじわ暑い昼
古典の授業はまぶたが重く
うっかり寝たのが午後の二時
「おい」先生の声ききたくない

「なあ」友達の声きいてもムダ
「ねえ」彼女の声ききのがした
頭をあげたらもう誰もいない
なんかいい夢見てたなあ

ほんのり落ちてる日は輝いて
ほんのりほのぼの暮れなずむ
行きかう車と人のなか
不意に見かけた彼女の背中
走りながら元気に叫ぶ
「おーい」遥かな後ろで無視された
「ちょっとー」だいぶ近づいて気がついたかな?
「あのさあ」肩を叩いたらとびのくぐらいビックリされた
とにかくいっしょに帰ろうよ

しんみり夕焼けは消え去って
しんみりしみじみ夜になる
作られた光に照らされて
公園のベンチで彼女がとなり
「今日さあ…」彼女は無言
「昨日さあ…」彼女は愛想笑い
「明日さあ…」言ったとたんに〝じゃあもう遅いから〟
送る気もなくうなだれる
しかたないな　明日また

ぷっかり夜空に輝くあれは
ぷかぷか浮かぶ青い三日月
冷えた光が気持ち良くって

舗道の真ん中で立ちどまった
車の走る時間じゃない
口を開けずに見あげると
月はつっぱねるみたいに光ってる

キンキラキラキラささやかに
街のすべてを包みこむ
あんなふうになれればなあ
ため息まじりの苦笑した

朝

夢を見て

また目をさます
君のことを思い頭を垂れてうなだれる

光が真白い流れ
透き通った朝
今日が始まり　昨日が終わった

建設予定地

敷きつめられた泥の小池の端っこに
鳥が独り
ただじっといる
乾いた空気に身を置いて

遠く雲を見はるかすように

恋慕

鮮烈に赤い絨毯の道をたどり
散りゆく桜に隠れて歩く
そこはかとなくくゆる香の薫りをまとい
道の果てに独り
かの君の姿が見える

仄かに唇を吊り上げ
邪気のないえくぼをつくるほか
掌中にしのばす極彩の末広舞わし

締めた首もとを妖しく開いて
楽しげに手招きの仕草をする

腰をすぎる頭髪はたゆとう光に乱れかえし
透き通る頬の白みに
上気の紅がさしこんで

嗚呼
その細すぎる首すじは
降りしきる五月雨ほどの威勢にも
か弱く折れ落ちてしまいそうな
ささやかに吹きよる春風の精よ
頼む
かの君を避けて通っておくれよ

甘美に匂う徳利かたむけて
かの君は片手にあまる杯に美酒をそそぐ
ただよう紫煙も一間をあけて
傘をさした座敷の下座でじっと微笑む

こちへ
こちへ
と誘う瞳に
胸もとさすらう儚いざわめきを感じて
踏み出す一歩にも息をつめる
緩慢な所作に抗しきれぬのか
悲鳴をあげる片足はあげたまま
どの地におろして良いものやら

ようよう一足を落ち着けたと思う間に
かの君は笑声残して立ち去ってしまう

嗚呼
愛しの人よ
何処へゆく
駆け出す足のどちらとも
不快な重みはかき消えている

彼方より降りつのる春雷の子よ
願う
かの君のもとへ導いてくれよ

無　題

窓際をすり抜ける一陣と一条の風
そして光

肩幅でつっかえた
もどかしくも頼りない
思い切りの無さ

君の心を別れない
胸の中が
ざらざらと
いつも聞いていた時計の音が

ささやきをもってうとましく
残りの輝きはわずかだと
瞳をもやしてくれるのだ
消えゆく斜陽はわずかだと
知らないモノまでもやすのだ

安らかず

また独りで丘に立つ
眼下に乱れる無機の林

空には明星がただぽつん
空想主義者の顔をして
一つ小石を投げてみる
届かないのも知りながら
深い吐息を大気がさらい
ざらりと胸を撫であげる

間もなく日が落ちるのだろう

しかたがない

気になってしかたがない
ただの友達と思っていたら

顔がちらついてしかたがない

好きだとかどうだとか
そういうことはさておくとして
胸が高鳴るこの気持ち
雲の上にでも投げつけたい

気になってしかたがない
ドキドキしてしかたがない
どうしていいのかわからない
どこかの穴にでも隠れたい

理想

『頑張ろう』って結構理想論かもな」
疲れた顔であいつが言った

一瞬の茫然と
後からわきでた淋しさで
私は微かに視線を向けた

あいつの背中が小さく見えた

なんとなくやる気の失せた心の中で
壊れたネオンがぶちぶちと身を寄せている

近頃
見上げることが少なくなった
気付けば星も少なくなった

夢を持てと人は言う
現実を見ろと人は言う
ある意味同じことかもしれない
ある意味逆のことでもあろう

なんとなく未来の見えた心の中で
真っ暗な夜が空いっぱいに満ち溢れてる

近頃

踏み締めることが少なくなった
気付けば土も見えなくなった

「理想ってのは何なんだろうな」
つまらなさそうにあいつが言った

一瞬の戸惑いと
いつも抱いていた疑問を起こし
私はしばらく考えてみた

あいつは笑って傍から見てた

べき

息を止めようと思えばいつでもできる
駆け出した足に拍車をかけようと思えば
それもまた可能なことだ
しかしいったい
何をやって何をやらざるべきなのか
実は問題はそれだけだろう

飴を欲しがって鞭打たれ
麻痺した背中に雨が降る
惰性で世界に身を任すことは簡単だ
今の世相は「なんとなく」

猫も杓子も「それとなく」

あそこへ行け
ここへ行け
あれをやって
これやるな
指図されれば阿呆でもできる
指図した気でいい気になってるおまえは誰だ？

すべきこととすべきでないこと
見つけたところで
つまらないものかもしれない
適当にやって悪いのかと問われれば
答える術などありはしないが

鏡に映った自分を覗き
醜い顔を眺めてみよう

あれが見える
これが見えない
それがなくてどれがある?
何をやって何をやらざるべきなのか
考えてみれば
わからないものでもなかろう

明けましておめでとう

聞こえないけど

除夜の鐘がもうそろそろ鳴り終える頃
百八つの音色が夜闇のヴェールにこだまするように
傾く心はまだ幼くて
瞳の此方で起き上がる

さあ「明けましておめでとう」
君の笑顔に僕の想いに
きっと言える今年の朝

卒　業

迷惑をかけた人に
ごめんなさい

喧嘩離れしてしまった人に
悪かったな

僕をふった人に
さようなら

優しかった友達に
まだよろしく

そして…
大好きだったあの人に
ありがとう

僕はこの卒業を忘れない

即興で卒業してみたい

高校を卒業して
なぜか吐息が増えてきた
不安なのかも知れないが
寂しいだけかもしれないが
まだみんなといっしょでいたい
そんな気持ちで終わった同窓会
捨てたくないとおもいつつ
早く思い出にしてしまおう

ココナッツ

ココナッツの白い果汁は君の息
ココナッツの白い果肉は君の頬
南の島にいて　そんな事を考える時
ヤシの実がボトリと落ちて
一陣の風が去る

君の喜怒哀楽

君が弾むように白い前歯を見せる時
　我が子を守る父親のように

静かな熱さで眼差しを送る僕がいる

君が氷のようにきつく怒りであたる時
夢をなくした少年のように
無感動な優しさで受け止める僕がいる

君が死んだように物言わない時
死者を照らす鬼火のように
悲しい明るさではしゃぎたてる僕がいる

君が味わうように独りの心を楽しむ時
片想いと寄り添うように
沸き立つ気持ちを抑えつける僕がいる

君の喜怒哀楽は僕の恋

即興詩

揺れる風
たゆとう空
　弾む足取り
　消える土
心は飛んで
舞を踏み
　息は白めき
　青く染む
我が衣では

空はらみ
草野に転げて
声笑う

人一人

人が一人生きている
さまよって
うろついて
はてしない森の中
どこを目指して行くのだろう
例えば冷たい風が吹き

泳ぐ千鳥が飛ばされて
例えば道行く人の群れ
まぎれて沈む僕のよう
Ah　真水の思い
Ah　塩水の世界
踊る孤独な人生よ
せめてタップを止めるなよ……

無自信

風のぬるい七月の夜に

浮沈を繰り返す幾多の葛藤
一回生きればいいと思う

せめて今にしおりがはさめれば
こんな苦悩はないものを

流行の歌を耳に
試験前夜に漫画を読んで
気付けばうたた寝の中
悪夢を見るのが多少の刺激

Ah　これから先どうなるのだろう?
三年先二年先一年先半年先
明日もわからないこの頃

「心配ない問題ない……」
テープに教えてもらってる

隙　間

寝つけない夜が多い
昔の夢ばかり見てしまう
ついつい感傷に浸る

近頃どうも　こうなんです

そりゃあ　心に隙間ができてますね

就寝前にこれをぬるといいです
新しい薬品なんですけどね
よく効くって評判です

無　題

「虚無的だよね」って君のコトバを
深夜番組を観ながら反芻したり
部屋の中だけで過ごす三日間のあと
飽きが外に出る動力源だったり
久しぶりに会った友人が

何も変わらない様で違っていたり

「死にたいってのは逃避だな」なんて
結局役にも立たないコトを考えたり
ぐにもつかない

夏の途中
蒸した朝日
空に一つの月
悪気のない君の顔が夢の中に出てた

心配なら追いかけないでと突き放し笑うけど
何も言えず目を覚まして
僕は泣けずにいた

「遠く遠く離れていく　長い高い坂の途中
とてもつらい息をひとつ僕が吹き込む
そっとそっと月をあおぐ、君の清い瞳をそばに
君と僕の開きすぎた心のすき間へ」

素直になれない
独りは嫌い
鈴を鳴らそ
咲いた心は左手に
爽やかな光り
すずやかに輝き
こんな時は電線を綱渡って
君の家まで行きたいね

恋をする予定は入れてなかった
偶然の様なキスで君を知った
笑顔を引き出すだけが幸せだった
涙を流しあえるなんてはじめてだった

行き違いを予想するのは怖かったから
なるべく目を伏せていたのが今はくやしい
「愛なんてありきたりな名前の川を挟んで僕と君と」
そんな詩をよんだのは
ふられるのは怖いと言った君と同じ心
黒板をひっかかれて
嫌がらない方が珍しい
どうせいなくなるのなら

僕を殺してからにしてほしい

息さえも
君が理由
息だけで
それでいいと

ばばたかひろ

一九七五年三月九日〜一九九七年十月六日没

この詩は、一九九二年一月一日高校二年生の三学期（十六歳十ケ月）頃から、一九九三年九月（十八歳六ケ月）のおよそ一年九ケ月ぐらいの間に作ったもの九十八点です。

ばば　たかひろ

1973年大阪府生まれ。公立高校を卒業後、京都の大谷大学文学部史学科卒業。高校～大学１年時に書きためていた詩を没後、詩集にまとめた。大学時代はクラブ活動の新聞発行にのめり込む。「小倉百人一首巡り旅」として自転車で日本一周ひとり旅をしながら、写真とコメントを入れて冊子を作成中だった(未完成)。(PCやスマホもない時代のことだった)

TTS文庫

詩人たちの夜と語り
ばばたかひろ 詩集

2024年2月9日　初版第1刷発行

著　　者　ばば　たかひろ
発 行 者　中 田 典 昭
発 行 所　東京図書出版
発行発売　株式会社 リフレ出版
〒112-0001　東京都文京区白山 5-4-1-2F
電話 (03)6772-7906　FAX 0120-41-8080
印　　刷　株式会社 ブレイン

ISBN978-4-86641-731-8 C0192
Printed in Japan 2024